Nevfel Cumart

Schlaftrunken die Sterne

Liebesgedichte

Mit 5 Aquatinta-Radierungen
von Walter Lipfert

Grupello Verlag · Düsseldorf 1997

Ich danke dem Berliner Senat für Kulturelle Angelegenheiten für das Aufenthaltsstipendium im Literarischen Colloquium Berlin (LCB) und dem Bayerischen Kultusministerium für die Förderung dieses Gedichtbandes.

N. C.

Von diesem
Gedichtband wurde eine von
den Künstlern signierte und numerierte
Vorzugsausgabe mit fünf Original-Radierungen von
Walter Lipfert in dreißig Exemplaren als
handgebundener Leinenband
hergestellt

für

sofia

deren liebe

raum und zeit

für viele gedichte schuf

ohne dich

die wände
wurden bleich
kaum daß du gingst
hüllten sich in schweigen
ohne dich
ich rief brot sie verstanden stein

auch die sonne ergraute
ohne dich
verbarg ihr gesicht hinter einem schleier
ihr schloß sich an der mond
sträubte sich zu strahlen
ohne dich
ich rief wasser sie verstanden stein

kalt die nacht finster der tag
ohne dich
scheint nicht zu vergehen
die zeit
schlaftrunken die sterne
wie seiltänzer am himmel
ohne dich
geliebte
ist selbst das paradies wie eine verbannung

von den dächern meiner kindheit

morgens und abends

am morgen
als erstes
dein gesicht atmen
bevor das eisige wasser
meine haut blau färbt
dann
deine träume einfangen
die zwitschernden vögel der nacht

am abend
die verschollenen märchen
herunterrufen
von den dächern meiner kindheit
jede nacht
eine handvoll märchen für dich
einem schwarm schmetterlingen gleich
wiegen sie dich sanft in den schlaf

was ich vermisse

das verschmitzte lächeln
um deinen mundwinkel
das wilde funkeln in den augen

das ist es
was ich vermisse

deinen orientierungssinn
als wäre dein blick
eine kompaßnadel
deinen empfindlichen bauch
einem kanarienvogel gleich
die verträumten kosewörter
genauso wie die schimpftiraden
in der sprache des hermes

das ist es
was ich vermisse

abenteuer

welch ein abenteuer
dich zu entdecken
gleich ob sonne oder nacht
deinen namen silbenweise
über meine zunge gleiten lassen
im bauch kribbelnde wellen
spürend buchstabe für buchstabe

voller ungeduld schließlich
als gelte es die seele zu retten
in die tiefen deiner brüste tauchen
auf der suche nach rosigen lippen
mich wiederfinden
in dem braunen himmel deiner augen

augenlicht

hat irgendjemand schon
das licht
in deinen augen gezeichnet

die berghänge und kakteen
unter der flimmernden sonne

die schäumenden wellen
im schoße des abendrots

den schweigenden mond
besungen von weisen wölfen

hat irgendjemand schon
die glut
neugeborener sterne
in deinen augen gezeichnet

am flughafen

so gewaltig war die
freude des wiedersehens

kaum daß sich unsere blicke trafen
noch ehe wir einen schritt setzten
eilten unsere schatten davon
überholten
unsere gedanken
um sich
im selben atemzug
zu umarmen

die höhle

du brachtest feuer
    in die höhle
und ich fürchtete die nacht nicht mehr

du brachtest worte
    in die höhle
und ich spürte das schweigen nicht mehr

du brachtest lachen
    in die höhle
und ich vergoß die tränen nicht mehr

kaum daß du eintratst
    in die höhle
schon wich die einsamkeit immer mehr

ewigkeit

in deinen augen
scharen sich gebrochene jahre
schwarzhaarigen kindern gleich
mit wild zerzausten haaren

jahrtausende rieseln durch deine wimpern
wie zerstreute säulen des peloponnes
zeigen in alle richtungen der zeit

die ewigkeit fand keinen raum
in deinen augen

mondlicht

schließ deine augen schlafe schön ruhig
damit oben die wolken nicht weinen
flüsternd die nacht hüllt sich auch in schweigen

ich will dir mondlicht zu trinken geben
mit küssen trockne ich deine lippen
geduldig wartet der morgen auf uns

unsagbar

nichts gibt es
unter dieser sonne
worüber wir nicht sprechen können

alles fügt sich in buchstaben
silben hauchen leben ein
nichts kann der sprache entrinnen
alles läßt sich beschreiben

meeresferne sternenfinsternis
himmelsaugenlichter wolfsbrüderschaften
lassen sich in worte fassen

wendezeitläufte schwertfischmärchen
waldeinsamkeit bergglückseligkeit
lassen sich in worte fassen

nur
dein gesicht
geliebte
dein gesicht
nur
als gott
dein gesicht
schuf
vergaß er
uns worte mitzugeben

winter

welke blätter
fallen nieder
bedecken die nassen wege
die tage werden kürzer
schwinden eilig dahin

morgen schon
bricht
der winter ein
dunkel sammeln sich die wolken
brüderlich
der zukunft entgegen

und in der nacht:

statt schneeflocken
rieseln
funkelnd sterne
auf dich herab
selbst der himmel
geliebte
beneidet deine haare

sofia in antalya

wie ein goldener vlies
liegt das meer
dir zu füßen
umsäumt die felsen
vereinzelt gleitet ein boot über das wasser

gestern war frühlingsanfang
gewissenhaft die mutter sonne
scheint auf unsere gesichter
läßt uns das verregnete bamberg
allmählich vergessen

irgendwo am ende des horizonts
hinter dem türkisen schleier
erstrecken sich die fingerkuppen
des peloponnes
das licht braucht
nur sekunden bis nach athen

die singende stimme des muezzin
gelangt in sanften wellen an dein ohr
der schwarze türkische kaffee
    - bei euch
    über nacht
    zum griechischen geworden -
heißt dich erneut
willkommen in antalya

also -
sorge dich nicht
lebe einfach

bridgetown

ein schmächtiger chinese
blaß und hager
mit einem erstarrten grinsen
auf dem gesicht
empfing uns in seinem
upper deck restaurant
als wir zuflucht suchten
vor dem prasselnden regen

und
ehe ich mich versah
hatte er mich
nach dem essen
übers ohr gehauen -
  den doppelten preis kassiert
  sogar in us-dollar

es gelang ihm
weil meine frau
die wachsame seele
unseres urlaubs
von magenschmerzen geplagt
sich zum ersten mal
nicht um das bezahlen kümmern konnte

çamyuva I

die bananenblätter
schwirren wie girlanden im wind

ein mondteppich
liegt auf dem mittelmeer

hinter meinem rücken
trotzen die taurusberge der zeit

am horizont
träumen die wolken im schlaf

die wellen
tragen den gesang der fische heran

im schoße solcher nächte
werden sterne geboren

schwer lasten die berge

dahinter

welche stimmen
kreisen hinter diesen worten

welche lichter
kreisen hinter diesen wellen

ist dies
das haus der gebete?

welche vögel
kreisen hinter diesen bergen

welche welten
kreisen hinter diesen sternen

was liegt
hinter gott?

wer

wer wird die gefleckten wildpferde zähmen für dich
wer wird dir die schwarzen hunde vom leibe halten
sommer wie winter kommen und gehen
wer wird nachts an deiner seite stehen

wer wird verborgene höhlen entdecken für dich
wer wird die schweigenden wände zum reden bringen
der mond schwankend auch die sterne torkeln
wer wird deine kalten füße wärmen

am mittelmeer II

schwer lasten
die berge
auf meinen schultern
schwer die wälder
schwer das haus
  die gedanken schwer

das meer
nimmt mich auf
in seinem schoß
gibt zu trinken
gibt zu essen
  zu atmen genug

was der hirte dachte

die böschungen
sind meine berge

die grünen felder
sind meine meere

die augen des hundes
sind meine sterne

berge meere sterne
was brauche ich mehr

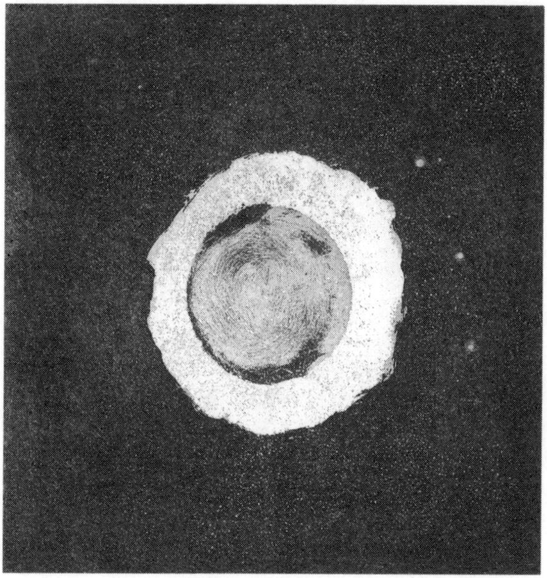

aufnahme

ich sprach
mit den sternen
klagte von dem feuer
das meine haut verbrennen läßt

ich sprach
mit den bergen
klagte von der furcht
die meine augen erblinden läßt

ich sprach
mit den wölfen
klagte von den wunden
die mir die menschen schlugen

sie nahmen
mich auf
in ihrer mitte

maghrebinischer gesang

was nützen mir bäume im wind
was nützen mir wellen am strand
du in den steppen asiens
tief in afrikas wüste ich
ozeane selbst trennen uns
ich aber bin ein schlechter schwimmer

was nützen mir die oasen
im kühlen schatten die datteln
was nützen mir die kasiden
mit leidenschaft intoniert
ich will nicht wie madschnun enden
im schoße der wüstenhölle
verdursten vor einsamkeit

ein wunsch beseelt meine poren
läßt einzig die lunge atmen
dich nur gilt es zu erreichen
das rot deiner lippen trinken

berlin II

wie kann diese riesige stadt
mit ihren gefräßigen häusern

wie können all diese kinder
in den tiefen straßenschluchten

wie können diese steinbrücken
die endlosen schienenstränge

wie können sie mein gott
mit nur einem bissen sonne leben

mersin

vom schräg fallenden mittelmeer
schickt sich der rauchige wind an
alle wolken zu vertreiben

vom spitzen minarett erschallt
in wellen der name gottes
müht sich die sonne zu stärken

im betonierten hinterhof
unruhig der hahn voller stolz
krächzt beleidigt von zeit zu zeit

vergeblich scheinen
die gesamten mühen
einen neuen tag herbeizuführen
denn
wenn du fern bist
geliebte
will die nacht nicht weichen

aus alten nächten

der himmel
fürchtete
die sterne

die sterne
fürchteten
die menschen

die menschen
fürchteten
die schlange

die schlange
fürchtete
gott

ich lag
furchtlos
im bett

tauchen

I
in dem fruchtbaren meeresschoß
die spuren des alters suchen
das heilige blau nicht stören
nur atmen atmen mitatmen

II
die sonne trinkt das blau
die fische trinken das blau
die algen trinken das blau
meine augen suchen das blau

III
gib mir etwas grün
ich habe noch hunger
gib mir etwas blau
ich habe noch durst

IV
die sonne gibt rot grün blau
rot geht grün geht blau geht
das meer aber bleibt
inmitten der sterne

die hände meiner tante

die hände meiner tante
sind unerschaffen
seit menschengedenken
wie das wort gottes

die linke
ist aus meer
mit seinen tiefen schluchten

die rechte
ist aus erde
mit ihren hohen bergen

im gebet vereint
beide hände
sind sie die arche noahs
voll mensch
voll tier
voll leben

vogelsprache

von den menschen enttäuscht
ging ich zu den vögeln
geduldig lernte ich ihre sprache
weil ich noch jung war fütterten sie mich

naples

hunderte von schaulustigen
umsäumen den strand
hunderte versammeln sich
auf der pier
ragt tief hinein
in den golf von mexiko

alle augen
- von weit angereist viele -
starren wie gebannt
an den horizont

sie enttäuscht nicht
mutter sonne
verabschiedet sich
mit würde
mit gelassenheit
gleitet majestätisch
in den nassen schoß
gemählich
ihrem glänzenden
    meeresbild
          entgegen
          sinkt und sinkt
                    und sinkt
                    glüht wie ein orange

der jubel hallt durch die palmen
so stark so laut so glücklich
als wäre die space shuttle
erfolgreich abgehoben -
dankbare standing ovations
für ein abendspiel der natur

der die sprache gottes fand

in meiner heimat

es zog mich
nie in die städte
ich war glücklich
in meiner heimat

die wölfe
haben mich nie belogen
die schafe
wärmten mich stets
die ameisen
zeigten mir den weg
die rinder
gaben mir genug zu essen
die pferde
waren mir treue freunde

was mehr
kann ich erwarten
in diesem leben

wahrscheinlich

wahrscheinlich
schläft der baum
wie der stein
in den nächten

wahrscheinlich
heult der wolf
wie das meer
in den nächten

wahrscheinlich
stirbt der stern
wie das blau
in den nächten

wahrscheinlich
weint die sonne
wie die mutter
in den nächten

über nacht

über nacht
erschienen die träume

über nacht
erklangen die stimmen

die angst
verschlang
was die sterne geboren

über nacht
schwieg der vogel

über nacht
weinten die berge

die angst
verschlang
was die meere geboren

über nacht
kam gott

achtung gegenüber älteren

(für bruno)

begegnest du den sternen
verbeuge dich vor ihnen
denn wir werden bald gehen
doch sie bleiben bestehen

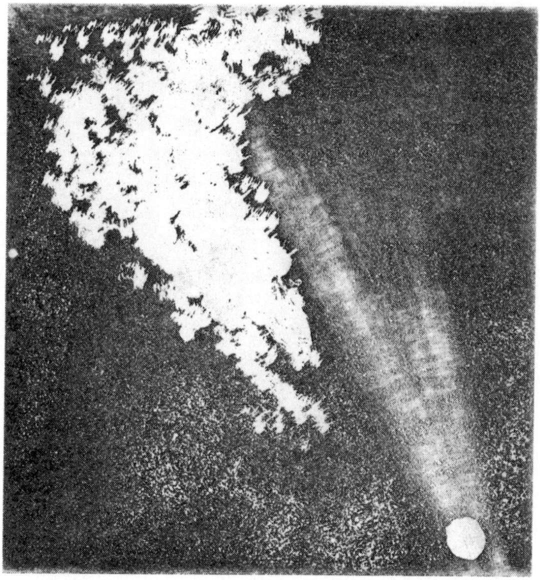

der bin ich

nacktes brot meißelte ich aus stein
verbannte das schweigen mit meiner schrift
ich bin der der die sprache der menschen suchte
der die sprache gottes fand bin ich

am mittelmeer III

die tränen
aus den augen meiner mütter
fließen in das meer

die berge
allmächtig
fließen hinein
die sterne
ewigfunkelnd
der mond
uralt
fließen hinein

wir finden
    uns alle
im meer wieder
          alle

    nein
sage ich
    nein
nicht die sonne
ist unser leben
    das meer
ich schwöre
    das meer
          gab uns das licht

ankara II

der mond
hängt wie eine
fein geschliffene sichel
über den dächern
geliebte
erinnert an meinen alten reisepaß

unser fahrer kennt
den weg genau
vom flughafen in die stadt
die baustellen
die abkürzungen
die schlaglöcher
auch die unwichtigen ampeln

durch die beschlagenen scheiben
glänzt von weitem schon
das mausoleum atatürks
hell erleuchtet majestätisch
wie die akropolis in der nacht

neben mir sitzt mein freund
eine zigarette in der hand
eingehüllt in rauch sein gesicht
erzählt von dem abenteuer
das mir hier noch bevorsteht

es ist wahr
minus zehn grad
geliebte
der pilot hatte sich
nicht versprochen -
nun ist es an mir zu frieren

meine liebe

das kreuz auf deiner rechten schulter
bist du gezogen auf den hügel
weit in der ferne heulten wölfe
meine liebe verließ dich nicht

du hast geweint geschrien in der nacht
der himmel gab dir keine antwort
vor hunger aßest du deinen atem
meine liebe verließ dich nicht

du wirst gehen bald oder bleiben
wirst zu stein werden oder asche
der glühende wind trägt dich davon
meine liebe aber verläßt dich nicht

dazwischen

meine frau griechin
mein trauzeuge amerikaner
meine mutter türkin
mein freund yemenit
meine patentochter deutsche
mein nachbar algerier
mein professor österreicher
mein arzt iraker
und
irgendwo
dazwischen
ich
auf diesem staubkorn
genannt erde

mein onkel muharrem

soweit
meine erinnerungen zurückreichen -
niemals
hörte ich meinen namen
aus dem munde
meiner mutter

immerzu
rief sie mich
muharrem

sie muß
meinen onkel geliebt haben
oder
die nische im halblicht
oder
das siegel der propheten
oder
vielleicht mich

am ende des tages

schau nur wie sie in ihre häuser flüchten
von den fabriken den straßen den feldern
schau wie sie selbst die rosen die sie züchten
draußen lassen auf den eisengeländern

kaum daß sich die dunkelheit über die häuser neigt
schließen sie die türen lassen den schlüssel stecken
je höher der mond in den gewölbten himmel steigt
umso tiefer wühlen sie sich in ihre decken

ganz gleich ob sie ein tageswerk vollbracht oder nicht
sobald der nächtlich nordstern glänzt am firmament
beschert ihnen gott schlaf und ein lächelndes gesicht
ohne daß er die faulen von den fleißigen trennt

20. märz 1997

frühlingsanfang
der hagelregen
prasselt in strömen
nieder

in istanbul
20 grad
in athen
22 grad
in lissabon
19 grad
in kairo
24 grad

und wir hier -

um welchen preis
harren wir hier aus
im westchor des bamberger doms?

bourbon street

zwei polizisten auf pferden
bahnen sich einen weg
durch den touristenstrom

aus den bars kneipen restaurants
quellen rauch und musik hervor
jazz blues dixieland rock 'n' roll

am straßenrand ein junge im stepdance
sein schlanker oberkörper schweißüberströmt
aus dem obergeschoß eines gebäudes
ragen im rhythmus nackte beine hervor
die zapfhähne stehen nicht still
das bier wird hier offen getrunken
papiertüten verbergen nichts

der asphalt stinkt nach alkohol
pferdemist urin und erbrochenem
nur ein steinwurf entfernt
zieht der mississippi entlang
führt weniger dreck mit sich

auf einem t-shirt
bedruckt im schaufenster
steht der spruch
passend zur straße:
 it is not the heat
 it is the stupidity

die liebe hat keine farbe

berlin I

berlin
nach sechs jahren wieder

längst abgetragen
die mauer
die das blaue herz
in der mitte zerschnitt

das alter der fixer gesunken
kinder zuhauf
mit verträumten gesichtern
unschuldsaugen
mit armen
die einem flickenteppich gleichen

berlin
nach sechs jahren wieder

freude	- ja
hoffnung	- wenig
liebe	- noch

aber
vor allem - hunger

rosenheim

wie mir der geruch
der vorberge schon vertraut ist
wie die blaue luft
meine nordische zunge kitzelt

fels werden die unendlichen
tiefen des himmels
in den schneebedeckten häuptern
meiner freunde den ewigtreuen

wenn dann
die dunklen blumenkübel
mich erwarten
mitten in der bahnhofshalle
- stets harren sie bis
  zu meiner ankunft aus -

wenn dann
die bayerischen halbsätze
wie welpen durch die halle tollen
- stets meiden sie
  die harten kanten -

und
wenn dann
mich jemand
aus raubling
in die arme nimmt

wie könnte ich verschweigen
geliebte
daß unser abschied
vor stunden
mir leichter
als gewöhnlich
fällt heute

atom

mit einem fuß sind wir auf dem mars
der andere wund ohne strumpf und schuh
atome haben sie gespalten
ein feuer entfacht unvergeßlich
satt werden aber konnten sie nicht

ein auge gottes

es ist nicht
der mond der glänzt
es ist das licht der sonne

es ist nicht
das meer das funkelt
es ist das licht der sonne

es ist nicht
die hitze die flimmert
es ist das licht der sonne

es ist nicht
der tag der graut
es ist das licht der sonne

doch
es ist auch nicht
die sonne die scheint
sie ist nur
ein auge gottes

hildesheim

in dieser fremden stadt
zweigeteilt durch die bundesstraße
geliebte
hinke ich durch die schwankende nacht
auf der suche nach einem telefon
um deine stimme zu hören

der gips an meinem bein
synthetisch leicht doch lästig
zwei knochenbrüche
zeitlich begrenzt doch unpassend
meine handballen voller schwielen

plötzlich
ein autokonvoi wild hupend
aus den fenstern und schiebedächern
ragen menschen heraus
schreiend lachend jauchzend
türkiye türkiye türkiye

aus einem grünen renault espace
rufen sie mir freudig zu:
    wir sind dabei wir haben es geschafft
    wir fahren zur europameisterschaft

als ich
die blutrote fahne sehe
im schwarzen fahrtwind
die triumphierenden gesichter
unter diesem fetzen glück
geliebte
so fern von dir
ergreift mich
ein heimisches gefühl
für unser schicksal
in der fremde
und ich rufe ihnen zu:
    auch wenn ihr nach england geht
    die liebe hat keine farbe

dein schlaf

der staub des tages
belagert deine zunge
graue schleier kriechen
nieder aus den tiefen wolken
trüben deine augen

doch heute nacht
bin ich dein schlaf
in duftende träume
bette ich dich ein
streife mühelos die müdigkeit ab
von deiner stirn
gebe dir köstliches wasser
aus der nie versiegenden quelle

der morgen kann ruhig kommen
wir sind gut gewappnet

key largo

meine verwöhnte frau
die am fuße der akropolis
aufgewachsen ist
neben hadrians tor

ungläubig
fährt sie
den highway
auf und ab
sucht vergeblich
nach hinweisschildern

im hotel
schließlich
verlangt sie einen stadtplan
fragt nach dem zentrum
des ortes
auf welcher höhe
des highway
die straße dorthin
abzweige

der mann
am front desk lächelt
kurz nur ist seine antwort:
    what you have seen is key largo

galway

das rechte bein zittert
die brüche kaum verheilt
mein erster spaziergang
nach zwei quälenden monaten
geliebte
sei nur beruhigt
deine mahnenden worte
sind nicht vergessen

später
am nachmittag
der ausflug nach connemara endlich
mit zwanzig monaten verspätung

am steuer auf der falschen seite
mein freund eoin
ein ire wie aus dem märchenbuch
fliegt über die landstraßen
der sonne entgegen
triebe selbst michael schumacher
die schamröte ins gesicht -
ein rasender auftakt
für einen abend
mit bekannten gesichtern
gesang gitarren und gedichten

des nachts
schließlich
in meinem zimmer
mit frostkalten fensterscheiben
puschkin die katze
kauert in einer ecke
das offene feuer flackert
mondrot die glut
erwärmt die satte dunkelheit

einzig
dein herzschlag
an meiner seite
geliebte
fehlt zum irischen glück

fata morgana

die nächte ohne dich
gleichen fata morganas in der wüste

durch die sandhügel ewiger stunden
setze ich mühsam meine schritte
kein schatten zu finden weit und breit
unter der sonne verschwimmen deine lippen

kalte schweißperlen auf meiner stirn
verbergen den geruch deines körpers
betäubt stürze ich mich in die fluten
meines schweigenden kopfkissens
sehne das morgengrauen herbei

kairo II

zwei wochen sind vergangen
geliebte
seit wir uns trennten

nun sitze ich in einem ächzenden zug
fahre entlang der dünnen ader
in richtung der mutter aller städte
an unseren fenstern zieht die welt vorbei
beschwichtigt meine brennenden gedanken
lehmhütten grüne felder belagert von menschen
eselskarren lastwagen mit dieselschwaden
streunende hunde stolze kamele
in der ferne dattelpalmen dahinter
die wüste dahinter das meer hinter den häusern

überall erscheint dein gesicht
blendet meine müden augen
überall höre ich deinen namen
das plätschernde wasser die rauschenden palmen
die kreischenden waggons
auch die barfüßigen kinder rufen dich im chor
hoch vom grünen minarett sogar
ertönt dein name
statt des seinen -
geliebte
wenn die sehnsucht quält
sündigen selbst die ohren

am mittelmeer IV

nachts
pirschen sich
die schakale an
die wellen heran
wittern die luft
schmecken das salz
ahnen die tiefe -
          können nicht
          in das wasser

das meer
nimmt sie nicht auf

sie lachen nicht
wie die delphine
sie gleiten nicht
wie die aale
sie atmen nicht
wie die wale

das ewigblaue
verzeiht ihnen
die haare nicht

antigua III

der stolz
des taxifahrers
steht auf seiner stirn geschrieben
zerfurcht wie eine kruste lava
liegt verborgen
zwischen dem zweiten und dritten gang
seines hianca mini-busses

der stolz
des taxifahrers
steht auf seinem handrücken geschrieben
rissig wie eine kruste lehm
liegt verborgen
zwischen den rauschenden frequenzen
seines cellular phones

der stolz
des taxifahrers
steht auf seinen fußknöcheln geschrieben
liegt verborgen
in dreihundert jahren hunger
verschweißt mit blut

der stolz
des taxifahrers
wird bleiben
uns überleben

ein mann des gewissens also

totenklage auf ralf

wir waren zu zweit
auf diesem weg
aneinander gefesselt
durch dieses feuer
das uns zu verschlingen
drohte
    dich mehr
    als mich
    mich mehr
    als dich

wie oft
haben sie mich geschlagen
nie verriet ich
deinen namen

meine tränen fließen
zurück in das meer
    blau das meer
    grün das meer
    schwarz das meer

wir werden uns wiedersehen

mein urahn

als
mein urahn
seine höhle verließ
wurde die erde zu einem rund
kontinente bröckelten entzwei
meere erhielten ihre namen

als
mein urahn
den fuß auf ein fremdes land setzte
gerieten die sterne ins wanken
brachte er den nackten menschen tod

palästina II

wenn eine million menschen
nicht zur arbeit dürfen
tag und nacht
ins haus verdammt

wenn eine million menschen
ohne wasser
ohne licht
in hunger ersticken

wie kann
dieses land
heilig bleiben
wie nur?

weil

weil der mond sich nicht nähert
die erde weiterhin kreist
weil die blaue tiefe schweigt
fliegen sie in den weltraum

ein mann des gewissens also

das feuer greift um sich
wie das gift in den flüssen
die rostigen ketten
der vergangenheit werden geschliffen
eingestürzte mauern neu errichtet
mit beton verstärkt
die schwalben fliegen nicht mehr

und ich
bin ein dichter
ein mann des gewissens also
der dich liebt
ein mann des herzens
der dich sucht
ohne furcht

ich kenne die vernunft
sie betört mich nicht
ich kenne die macht
sie blendet mich nicht
verhandlungen sind mir zuwider
kein gefeilsche was wem gehört

und ich
rechne ab
mit den meeren
mit den bergen
mit den sternen
was übrigbleibt
fließt
in meine verse

hoher preis

ein dämpfer für die unruhe blau
ein fetzen gedanke auf papier geduldig
als ausgleich für die angst erstickend
eine zeile aus dem bauch tief

der lohn für die nacht schlaflos
ein vers aus der finsternis gierig
der preis für die einsamkeit
schmerzlich
ein gedicht nackt

abend in puerto del carmen

ein silberstreifen
zwischen meer und strand -
nicht von dieser welt

tagsüber
unsichtbar
ein warmer sandteppich
unter unseren füßen

in der nacht
ein glatt polierter spiegel
für die ferne schönheit des mondes
ein weiches bett
für unsere träume
unter flackernden sternen

ein silberstreifen
zwischen heute und morgen -
nicht von dieser welt

treue fische

zweihundert fuß tief
im frostigen atlantik
wo nur das blau überlebt
sahen wir sie
am rande eines korallenriffs

french fishes
ihre treue kennt keine grenzen

weder wasser noch stein
weder zeit noch ort
weder grün noch rot

french fishes
ihre treue kennt keine grenzen

stirbt der eine partner
folgt ihm der andere
in den tod

wo warst du

wo warst du
sokrates
als sie die neuen grenzen zogen
häuser auf dem wasser bauten
sein und haben wütend zerrissen
wo warst du sokrates

wo warst du
ibn rushd
als sie die frauen verschleierten
mit bomben bestückt die blanke brust
in menschenmengen hineinrasten
wo warst du ibn rushd

wo warst du
gott
als sie den neuen tod erschufen
ob mit strick und strom spritze und gas
leben hinter gittern auslöschten
wo warst du gott

auf wegen

mein urgroßvater starb
auf dem weg nach syrien
mein großvater starb
auf dem weg in die türkei
mein onkel starb
auf dem weg nach holland
mein vater starb
auf dem weg nach deutschland
auf welchem weg
werde ich sterben?

achtung

in der druckerei
meines onkels
wurde nicht
ein fingerbreit
papier verschwendet

weil es teuer ist
sagte der teejunge

weil es aus holz ist
sagte der lehrling

weil es uns brot gibt
sagte der geselle

weil es unsere seele ist
sagte mein onkel

hungerstreik VI

heute
ist mein freund
aygün uğur gestorben

seine haare schwarz - wie meine auch
sein alter zweiunddreißig - wie meines auch
seine familie aus adana - wie meine auch
seine abstammung arabisch - wie meine auch
seine mutter analphabetin - wie meine auch

sein vergehen:
er hat demonstriert
- so wie ich auch

er in
ankara
ich in
bonn

bedauern

wo sind meine zähne geblieben
der schoß meiner tante

die nächtliche milch
aus den brüsten meiner mütter

wo sind meine hefte geblieben
die freunde in den gassen

schäumende fluten
dringen vor

ich stelle
mich der zeit
in den weg

Anmerkungen:

Antigua: Insel in der Karibik

Bourbon Street: Bekannteste Straße in New Orleans

Bridgetown: Hauptstadt der karibischen Insel Barbados

Çamyuva: Ortschaft an der türkischen Mittelmeerküste

Galway: Stadt im Westen Irlands

Ibn Rushd: Wissenschaftler, Philosoph und Theologe, der in der westlichen Welt als Averroes bekannt ist.
Ibn Rushd (1126-1198) ist der berühmteste mittelalterliche Kommentator des Aristoteles.

Key Largo: Eine der vorgelagerten Keys im südlichen Zipfel Floridas

Madschnun: Unglücklich verliebter Held aus dem klassischen Epos »Leila und Madschnun« des persischen Dichters Nizami (1141-1202)

Mersin: Stadt im Südosten der Türkei

Naples: Ortschaft an der Westküste Floridas

Puerto del Carmen: Ortschaft auf der Insel Lanzarote

Inhalt

Die Deutsche Bibliothek - CIP-Einheitsaufnahme

Cumart, Nevfel:
Schlaftrunken die Sterne: Gedichte /
Nevfel Cumart. - 1. Aufl. - Düsseldorf: Grupello, 1997.
ISBN 3-928234-76-5 Normalausgabe (Engl. Broschur)
ISBN 3-928234-77-3 Vorzugsausgabe (Leinen)

1. Auflage 1997

Schwerinstr. 55 • 40476 Düsseldorf
Tel. 0211 / 491 25 58 • Fax 0211 / 498 01 83
Einbandgestaltung: Matthias Vaskovics
Foto: Helmut Ölschlegel
Druck: Rosch-Druck, Scheßlitz

Normalausgabe:
ISBN 3-928234-76-5
Vorzugsausgabe:
ISBN 3-928234-77-3